나는 행복을 얻었습니다.
나는 천금을 주고도 살 수 없는
복을 얻었습니다.

나는 진정한 자유를 얻었습니다.
나는 누구에게도 구애 받지 않으며
무슨 일이 일어나도
빙긋이 웃을 수 있는
힘을 얻었습니다.

법륜스님의 즉문즉설
오늘의 마음날씨 비 온 뒤 갬

1판 1쇄 2009. 7. 10
펴낸이 김정숙
펴낸곳 정토출판
지은이 법륜스님
편집 서예경, 김종희, 강혜연, 김희정, 이성민
디자인 조완철
그림 신희선
등록번호 제22-1008호
등록일자 1996. 5. 17
주소 서울시 서초구 서초3동 1585-16
전화 02-581-0330
인터넷 www.jungto.org
이메일 book@jungto.org
행복한 **책방(쇼핑몰)** shop.jungto.org

ISBN 978-89-85961-60-8 04810
　　　978-89-85961-55-4 (전6권)

오늘의 마음날씨 비온뒤갬

정토출판

차 례

바로 지금 행복해지는 법

즉문즉설은 법륜스님이 즉문즉설 법회에 참가한 대중들과 직접 고민과 답을 나누며 기뻐했던 현장의 소리들을 활자로 풀어 엮은 것입니다.

각자의 속 깊이 담아 두었던, 그래서 꺼내 놓기도 힘들었던 인생의 무게를 법회 현장에서 풀어 놓는 것은 그것만으로도 마음이 가벼워지는 감동을 줍니다. 또 질문한 사람뿐만 아니라 그 자리에 함께한 사람 자신의 삶도 돌아보게 해줍니다.

그러한 즉문즉설 법회의 생생한 '말'을 '글'로 엮으면서 더러는 정리되고 줄여지기도 하였습니다. 그래서 법륜스님의 말씀을 더욱더 생생하게 듣기를 원하는 독자들의 요청으로 오디오 북을 만들게 되었습니다. 더불어 스님의 답변 중 감동으로 전해지는 스무 편의 사례를 모아 책으로 엮었습니다.

여기에는 지면에 담을 수 없는 공간이 흐릅니다. 마음이 아프거나 답답하거나, 고통스러웠던 인생의 조각조각이 질문자의 입을 통해 전해지면 법륜스님은 때로는 웃으며, 때로는 호통치며, 때로는 따뜻하게 답하십니다. 그리하여 질문자의 마음 깊이 '내가 바로 지금 이곳에서 행복해지는 법'이 새겨집니다.

　현장의 감동을 일부분이나마 함께하면 어느새 가벼워진 나를 발견할 수 있을 것입니다.

편집부

법륜스님이 들려 주는 즉문즉설

「오늘의 마음날씨」

투명한 햇살에 젖은 마음 내다 걸고

나도 한 번쯤은 고민해 보았던 삶의 문제,
풀리지 않아 담아 두기만 했던 질문들이 여기에 있습니다.
다음은 두 장의 CD에 담긴 우리들의 인생 고민입니다.

01 제가 결혼할 당시 시어머니께서 저희 집안이 별 볼일 없고 재산도 적다고 반대를 많이 하셨어요. 제가 결혼을 좀 일찍 했는데 어머니 앞에만 가면 그때의 상황이 됩니다. 그래서 어머니한테 말도 못하겠고 아무 일도 할 수가 없어요. 어머니를 뵙거나, 전화가 오면 너무 무서워요.

02 둘째 아들이 결혼에 두 번 실패해서 그 소생을 제가 키우고 있는데, 제 아들도 따뜻한 가정을 꾸릴 수 있을까요?

03 저는 친정에서도 시댁에서도 맏이입니다. 그래서 제 인생에는 책임과 의무만 있고 권리가 없는 것 같습니다. 그리고 시어머니와 계속 같이 살다 보니까 제가 상처받는 일이 많습니다.

04 108배만 하면 늘 부족한 느낌이 듭니다. 108배만 하면 남편하고 아이들한테는 참회하는 마음이 드는데 친정엄마에 대한 미움이 자꾸 올라와서 괴롭거든요.

05 언니네 식구가 저희 집에 놀러 와서 한 말이나 행동 때문에 너무 힘이 듭니다. 언니 입에서 막 독기가 뿜어져 나오는 느낌을 자꾸 받아요. 언니의 말이 너무 상처가 많이 됩니다.

06 제가 절을 너무 좋아하다 보니까 어느 절에 큰스님이 계신다고 하면 못 견디고 뛰어갑니다. 남편이나 주위 사람들은 제발 한 곳만 다니라고 합니다. 여러 절에 다녀 소원 성취가 안 되니까 한 절에만 꾸준히 다녀서 원하는 바를 이루라고 하는데요.

01 불교에서는 지은 업은 절대로 피해 갈 수가 없다고 하니 심각하다고 생각되거든요. 살아오면서 알게 모르게 지은 악업이 많은데 이 업을 완전히 해소할 수 있는 방법이 없는지요.

02 머리로는 다 제가 잘못했고, 그렇게 생활하면 안 된다는 것을 알면서도 실제로는 안 될 때가 많습니다. 그럴 때 기도할 수 있는 방법을 가르쳐 주세요.

03 저는 작년에 유방암 수술을 했습니다. 그런데 수술하기 전에는 살려만 주면 바라는 마음도 다 내려 놓고 욕심도 안 내고 살겠다고 마음을 먹었는데, 지금은 그게 잘 안 됩니다.

04 저는 오십대까지는 가족관계, 노후 문제, 자식 문제까지도 챙기면서 살아왔습니다. 그런데 육십대가 되면서 직장도 그만두게 되었고, 만혼인 자식 혼사 문제를 비롯해서 두루두루 가정에도 흉사가 일어나 정신적·육체적 고통을 겪고 있습니다.

항상 웃을 수 있어요

나는 행복을 얻었습니다.
나는 천금을 주고도 살 수 없는
복을 얻었습니다.

나는 진정한 자유를 얻었습니다.
나는 누구에게도 구애 받지 않으며
무슨 일이 일어나도
빙긋이 웃을 수 있는
힘을 얻었습니다.

운명은 바꿀 수 있어요

부처님 말씀은 '운명은 정해져 있지 않다.' 는 거예요.
운명이 정해져 있지 않다면
운명은 어떻게 전개되나요.

과거에 내가 해온 행위
즉, 까르마가 현재와 미래에 영향을 주는 거예요.
만약에 내가 특별한 노력을 안 한다면
거의 100% 그대로 적용을 받는 거지요.
그러니까 전생이 현생을 규정한다는 오해를 불러일으키는 거예요.

하지만 꼭 그렇지는 않아요.
큰 영향을 주는 것은 사실이지만
그것은 절대적인 것은 아니에요.

원리를 알면
내가 운명을 바꿀 수 있어요.

간절한 마음

불법을 멀리 있다고 생각하지 마세요.
불법은 절에 있는 것도, 불상에 있는 것도,
책 속에 있는 것도 아니에요.
불법은 우리들 각자 마음 가운데에 있습니다.
언제 어디서나 법을 청하여 삼매에 드는 것도
불법을 가까이 하는 일입니다.

'간절히 바라오니 저에게 좋은 법문을 들려 주십시오.
제가 귀 기울여 듣고 깨쳐 성불의 길로 가겠습니다.'

모든 게 다 질문거리다

인생의 고뇌를 저한테 얘기하니까 제가 답변을 하지만
저는 상담하는 게 아니에요.
저는 인생의 괴로움이나 번뇌를 소재 삼아
부처님 법문을 하고
여러분은 그 법문을 듣고 깨닫는 거예요.

그렇기 때문에 상담에 대한 답이
꼭 여러분들이 원하는 답이 아닐 수도 있어요.
때로는 위로를 받고 싶은데 야단을 맞기도 하고
큰 죄라도 지은 줄 알고 야단맞을까 봐 겁냈는데
아무 죄가 아니라는 답을 들을 수도 있어요.

질문의 소재에는 제한이 없어요.
내가 답답한 것이 있으면
모든 게 다 질문거리가 되는 거예요.
꼭 인생 얘기만 해야 한다든지

꼭 부처님 말씀이어야 한다든지
정해진 게 아니라는 말이에요.

남이 하찮게 여기든, 어떻게 보든
그런 것은 상관할 바가 없어요.
여러분이 질문을 했는데 제가 그걸 질문이라고 하느냐고
무시해도 상관하지 마세요.
일단 해보고 제가 무시하면
'아, 쓸데없는 질문이었구나!'
라고 판단하면 되는 거예요.

영험 있는 부처님

스승은 어리석음을 깨우쳐 주려고 수도 없이 가르침을 베풀어도
어리석은 제자는 한 해가 지나고 두 해가 지나도
'스승이 나에게 가르쳐 준 것이 아무것도 없다.'고 생각합니다.

나무로 만든 부처님이든 금빛 옷을 찬란하게 입은 부처님이든
그 앞에서 진실하게 마음을 돌이켜 참회하면
자신에게 영험 있는 부처님으로 다가오게 마련입니다.

돌멩이로 만든 상이라도 진정 부처라고 믿고
머리 숙여 절하면서 한마음 돌이키는 수행을 한다면
결국 자신을 위한 복덕이 되는 것입니다.

나무로 만든 불상 앞에서도
내가 마치 부처님 앞에 서있듯 진실하게 마음을 내면 영험이 생기는데
하물며 나무보다 나은 사람 앞에서 지극하게 내 마음을 돌이킨다면
그 영험이 얼마나 클 것인지 생각해 보세요.

살아 있는 사람 앞에서 그분을 부처님이라 생각하고
내 마음을 한 번 돌이켰을 때
영험이 더 크면 컸지 결코 적을 리가 없습니다.

이처럼 영험이 무량한데도
이 확실한 행위를 쉽게 하려고 들지 않습니다.
돌멩이로 만든 상(像) 앞에서는
당연히 부처라고 생각하며 엎드려 절을 하면서도
남편 앞에서, 아내 앞에서, 자식 앞에서는
그들을 부처라고 생각하며
나를 돌이켜 보지 못하는 까닭이 무엇입니까?

참으로 자신에게 좋은 줄 안다면
남편이나 아내나 자식을 부처님이라 여기고
그 앞에서 머리 숙이고 내 마음을 되돌아보는
수행에 힘쓸 수 있어야 합니다.

가장 분하고 원통해 해야할 일

삶의 주체인 '나' 가 누구인지 모르는 사람은
어떠한 방향으로 살아가야 할지 모르고 사는 것입니다.
"당신, 누구요?" 물으면 이름으로 답합니다.
그것이 나일까요? 그것은 나의 이름입니다.

'법륜' 은 나의 이름일 뿐이며, '스님' 은 나에게 붙여진 칭호일 뿐이에요.
육신은 나의 몸일 뿐이며, 생각은 나의 정신작용일 뿐이지요.
이름, 직업, 지위, 가족, 생각 등은
'나' 라는 주체 다음에 오는 것들에 불과합니다.

이 세상의 온갖 것이 중요하다고 하면서 정말 당신에게 중요한 것이
무엇이냐고 물으면 뭐라고 답하시겠습니까?
이것이 없으면 안 된다고 할 만한 것이 당신에게 무엇일까요?
자신에게 되물어 본다면 아주 가까이 있는 것 하나하나에도
참으로 아는 것 없이 살고 있음을 알 수 있습니다.
이것이야말로 가장 분하고 원통해 해야 할 일입니다.

관세음보살님이 내 속에 있다고 생각하는 사람은
관세음보살을 부르면서
보살과 같은 대자대비심을 한번 내 보십시오.
입으로는 관세음보살을 부르고,
귀로는 관세음보살을 부르는 소리에 집중하고,
머리로는 관세음보살만을 생각하세요.
입으로 부르고, 귀로 듣고, 머리로 생각하는 것이
일치되게 몰두해 보세요.
번뇌가 끼어 들더라도
'왜 번뇌가 끼어 들까?' 라는 생각도 일으키지 말고
오직 입으로 부르고, 그 소리를 정성을 기울여 귀로 듣고
머리로는 정성을 다해서 생각해 보세요.

내가 누구인지 알고 싶은 사람은 관세음보살을 부르면서
'이 부르는 놈이 누구인가?' '어떤 놈이 부르는가?'
한번 집중해서 찾아 보십시오.

땀이 나면 몸뚱이가 흘리는 것이라고 생각하고
추우면 '얼어 죽기야 하겠나!' 라고 생각하세요.
절을 해서 다리가 아프면 '못 걸을 정도는 아니겠지.'
이렇게 생각하세요.

다른 생각이 일어나는 것은 다 번뇌입니다.
하기 싫다는 마음이 만들어내는 핑계일 뿐입니다.
일어나는 것은 어쩔 수 없지만 그 생각에 끌려가지 마십시오.
'한번 해 봐야지.' 라는 생각도 일으키지 말고
'노력해야지.' 이런 생각도 하지 말고 그냥 해 보십시오.
'이런 짓은 내 평생 다시 안 하겠다, 이게 마지막이다,
나는 한 시간 후에 죽는다.'
이런 각오로 집중해 보십시오.

자유

엄마는 딸에게 상처를 줬다거나 뭘 부족하게 줬다거나
이런 생각이 전혀 없어요.
남이 나를 해친 게 없지만 나는 상처를 입을 때가 있는 것처럼
엄마는 딸에게 부족한 것 없이 해주며 최선을 다했지만
딸은 자기 기대에 못 미쳤기 때문에
부족하다고 느끼는 거예요.
그러니까 엄마로부터 자유로워져야 해요.
'엄마는 자식에게 이래야 한다.' 고 생각하면서
엄마한테 매여 있거든요.

그런 기대가 언제 생겼나 하면 어릴 때
친구 집에 놀러 가서 친구 엄마가 친구에게 하는 것을 보고
자기도 그런 대우를 좀 받아 봤으면
하는 기대가 생겨서 그런 거거든요.

부모님이 나를 낳고 키우면서 내가 바라는 만큼 부모님이 못했다면
부모님이 살기가 어려웠든지, 부부 관계가 안 좋았든지
나름대로 어려움이 있었을 거예요.
또 성격적으로 그렇게 안 되는 경우도 있어요.

안 되는 사람에게 자꾸 요구하는 것은
나를 괴롭히는 거예요.

얼마나 답답하면 저럴까?

내가 언니를 편안하게 봐 주는 것은
언니를 불쌍하게 여기는 마음입니다.
얼마나 답답하면 저럴까?
얼마나 외로우면 저럴까?
나라도 친구가 되어 줘야지.
이렇게 마음을 자꾸 내세요.

마음을 자꾸 내면 언니하고 편안해집니다.
편안해지면 오히려 닦달도 적어져요.
도망을 가면 오히려 착 달라 붙어서 자꾸 따라옵니다.

나만 손해잖아요!

지금 이혼을 하려는 분이 제게 와서
"살아야 합니까, 헤어져야 합니까?"
이렇게 물으면
"살고 싶으면 살고, 헤어지고 싶으면 헤어져라.
요즘 같은 세상에 그걸 뭐 질문이라고 하느냐.
그건 당신 마음이다."
저는 이렇게 대답합니다.

그런데 법은 어떤 것이냐 하면
살려면 어떤 마음을 갖고 살아야 하고
헤어질 수밖에 없다면 어떤 마음을 갖고 헤어져야
나에게 득이 되고 복된 삶이 되는지 알려 주는 것입니다.

어차피 살려고 하면서 미워하면 누구 손해입니까?
나만 손해잖아요.

그대로가 밝음이다

깨달음은 눈 앞의 별을 없애고 얻는 것이 아니라
별의 실체가 본래 없음을 아는 것입니다.
무명을 없애라는 것은
이처럼 '본래 없다' 는 사실을 알라는 것입니다.
하나하나 일어나는 번뇌를 찾아 없애는 것이 아니라
번뇌 자체가 없음을 아는 것입니다.

관계 속에서 시비를 잘 밝히는 일은 현명한 일이 아니에요.
흔히들 시비 분별을 잘하는 사람을 똑똑하게 생각하지만
이는 도리어 지혜를 밝히는 데는 장애만 될 뿐이에요.
매사에 뿌리가 없음을 보는 것이
문제 해결에 도움이 됩니다.

아무리 캄캄한 동굴일지라도 불을 켜면
1년 동안 어두웠던 동굴이나 10년 동안 어두웠던 동굴이나
일순간에 밝아진다는 점에선 아무런 차이가 없습니다.

이처럼 누구나 바로 보면
연기(緣起)의 도리를 알 수 있어요.

스스로 어리석음의 실체가 없음을 믿고 정진하면
그대로가 밝음인 것입니다.

평생을 지붕 위에서 사는 격이지요

사람이 아픈 것은 비정상입니다.
아픈 것이 비정상이니
원래대로 돌려 놓으면 건강해지겠지요.

마음도 관리를 잘못하면 병이 들어요.
'괴롭다, 외롭다, 짜증난다' 등의 심리 상태가 마음병입니다.
우리가 그 마음병을 갖고 있기에 중생이라 하며
그런 마음병을 갖지 않은 사람을 부처라고 합니다.

그러니까 세상사람 누구나
부처되기 어려운 것이 아니에요.
원래 부처인 상태, 그것이 정상이니까요.
그런데 우리는 마음을 잘못 써서, 그 씀씀이를 잘못해서
괴로워하면서 중생 삶을 사는 것이에요.

어떻게 마음을 써서 이렇게 되었을까요?

그 원인을 찾아 보아야 하겠지요.
원인을 제대로 밝혀 바로잡지 못하면
괴로움을 벗어나고자 애만 쓸 뿐
도리어 더욱 괴로워지게 됩니다.

우리의 삶이란
비가 새는 집에 살면서
매일 연장 들고 지붕에 올라가서
여기 고쳐 놓으면 저기 새고
저기 고쳐 놓으면 여기 새고
이렇게 집을 고치다가
집 안에서는 한 번도 못 살아 보고
평생을 지붕 위에서 사는 격이지요.

늦어서 죄송해요

당신은 꼼짝도 못하고 누워서 누구로부터 간호 받는 게 좋나요,
건강해서 누군가를 간호해 주는 게 좋나요?
간호해 주는 게 좋지요?

건강한 사람과 아픈 사람 중에 누가 더 유리하겠어요?
간호해 주는 사람이 더 유리하지요.

유리한 사람과 불리한 사람 중에 누가 더 짜증을 많이 내겠어요?
불리한 사람이 짜증을 많이 내겠지요.
그러니까 남편이 짜증내는 게 진리라는 말입니다.

그게 싫다면 당신이 몸져눕는 게 좋겠어요?
아니지요.
그렇다면 어떻게 하는 게 좋은지 알겠네요.

얼마나 답답하면 짜증을 내겠어요. 몸을 마음대로 할 수 없어서
자기가 본 대변도 치우지 못하는 남편 입장에서는
아내를 기다리는 그 두세 시간 동안 심정이 어떠했겠어요?
아무리 장사하다 늦었더라도 억울하다고 생각하지 마시고
남편의 입장에서 헤아려 보세요.

지금 힘드니까 팽개치고 도망가 버리면 남편 죽고 난 뒤에 어떨까요?
후회되지 않겠어요? 시댁에서 당신의 낯이 서겠어요?
또 아이들은 당신을 어떻게 생각할까요?

이번에 생각을 딱 바꾸세요.
내가 장사를 한다, 뭘 한다는 생각을 싹 없애 버리고
남편이 짜증을 내더라도 웃으며 말해 보세요.

미안합니다.
늦어서 죄송합니다.

노름판은 깨져야 벗어날 수 있다

우리는 주어진 삶으로부터 벗어나 자유로울 수 있습니다.
불가능한 거 아니에요.
욕심에 사로잡혀서 계속 화를 자초하며 살아가고 있는 거예요.
어리석은 삶을 살지 말고
어떤 일이 있어도 긍정적인 삶을 살고
살아 있는 것만으로도 복이라 여기세요.

지금 IMF 사태 당시 이상의 어려움이 있습니다.
재산 가치는 떨어지고 월급은 줄고 직장도 없어지는 등
수입은 줄고 지출은 늘어납니다.
지금까지 내가 벌어 놓은 돈, 연금, 퇴직금도 다 가치가 떨어집니다.
그리고 앞으로 써야 할 일은 자꾸 늘어나게 되지요.

그래도 걱정할 것 하나 없어요.
그런 것이 우리의 행복을 앗아갈 수는 없습니다.

옛날에 국민 소득 3천불 시대, 5천불 시대에도
우리는 웃으면서 살았어요.
암이 있는데도 모를 때는 행복하게 살았는데
그걸 알았다고 그게 뭐 불행이에요?
오히려 치료할 기회가 생겼으니 감사한 일이지요.

이렇게 힘들 때도 우리는 싱글벙글하면서 살 수 있어요.
직장을 그만둬도, 수입이 줄어도 웃으면서 살 수 있어요.
이 기회를 잘 살리는 쪽으로 생각하면 사람들이 다 부러워합니다.
봉사할 수 있어 좋고, 그동안 아내한테 잘해 주지 못했는데
그 빚을 좀 갚을 기회가 생겼으니 잘됐다고 생각하세요.
이거 나쁜 거 아니에요.
그렇게 크게 생각하세요.

욕심에 사로잡혀 사는 사람들이 정신차릴 수 있는 기회입니다.
노름판이 깨져야 노름에 미친 사람들을 구제할 수 있습니다.

노름판이 돌아가는 한,

노름에 미친 사람을

아무리 멱살잡고 집에 데려다 놓아도 또 간단 말이에요.

지금까지 살아온 습관에 매달리면 살기가 많이 힘들어요.

마음을 확 바꾸어 버리면 아무 문제가 없어요.

싱글벙글하고 살아야 전법의 기회가 옵니다.

언제나 자기에게 주어진 상황을

긍정적으로 바라보고 살아가면 희망의 태양이 떠오릅니다.

내가 너를 어떻게 키웠는데

보살이 보시를 하되 상에 머물지 않고 하는 것이
바로 무주상 보시입니다.

우리가 보시를 하고 그것을 잊기란 어렵지요.
무주상 보시란 그것을 잊으라는 뜻이 아닙니다.
상을 내지 않고 보시한다는 참뜻은 잊는다는 의미가 아니라
대가를 기대하지 않는다는 것을 뜻합니다.

누군가를 도와 주었을 때
내가 그 사람을 도와 주었으니 칭찬을 듣고 싶어하거나
도움 받은 사람이 나중에라도 내게 보답하기를 바라는 것이
바로 상을 내는 것입니다.

자식을 키우는 것도 마찬가지입니다.
흔히들 자식에 대한 부모의 마음은
대가 없는, 그야말로 헌신적인 것이라고 하지만

실제로 보면 엄청난 대가를 기대한다는 것을 알 수 있어요.

자식이 말을 안 들으면 흔히 뭐라고 합니까?

"내가 너 키울 때 어떻게 키웠는데……"

이렇게 원망의 마음을 냅니다.

무주상 보시는 헌신적인 자신의 보시행에 대해서

어떠한 대가도 기대하지 않는 것입니다.

예를 들어, 내가 어떤 사람에게 100만 원을 빌렸다가

오늘 돈이 생겨 갚는다면 어떨까요?

빌렸던 돈을 갚는 것은 너무도 당연한 것이니까

갖다 주면서 고맙다고 오히려 인사를 하겠지요?

이때는 아무런 기대가 없는 것이 너무도 당연하지 않습니까?

바로 이와 같이 진 빚을 갚는다는

당연한 마음으로 보시하는 것이 무주상 보시의 마음입니다.

왜 마음을 닦을까요?

수행을 한자로 쓰면 닦을 수(修), 행할 행(行)이 됩니다.
그대로 해석하면 '행을 닦는다' 입니다.
불교에서는 더 자세히 말해서 '마음을 닦는다' 고 합니다.
수행의 핵심은 마음을 닦는 데에 있습니다.

'마음을 닦는다' 는 것은 어떻게 닦는 것을 의미하겠습니까?
'마음을 개조한다, 개혁한다, 변화시킨다' 는 의미입니다.

왜 마음을 닦겠습니까?
마음이 아프기 때문에, 고통스럽기 때문입니다.
골치가 아프거나 괴롭다고 느낄 때
과연 무엇이 아프고 무엇이 괴로운가를 한번 돌이켜 보세요.
곧 마음이 아프고 괴롭다는 것을 알게 될 것입니다.
다시 말해서 마음을 닦는다는 것은
그 아픈 마음을 아프지 않은 마음으로 고친다는 것입니다.

종교를 잘못 생각하면 죽은 후에 극락가기 위한 것,
또는 현생에서 착한 일을 해서
내생에서 복을 받아 잘 살기 위한 것이라고 여기는데
이러한 것은 종교의 핵심이 아니라 부차적인 것입니다.

우리가 가장 신경 써야 할 핵심은 현실의 문제에 있습니다.
부모와 자식 간에, 형제지간에, 친구지간에 갈등이 있고
해결해야 할 답답한 문제들이 있을 것입니다.
이 괴로운 현실 속에서 아픈 것을 아프지 않은 방향으로 고치는 것,
바로 이것이 수행입니다.

우리는 살아가면서, 뭔가에 의해 억압되어 있고 부자유하다고 느끼면서
이러한 현실로부터 빠져 나가고 싶어하는 마음 상태를 경험합니다.
이러한 상태로부터 자유로운 상태로 변화시키는 것이 수행입니다.
자기가 주체적이지 못하고 시키는 대로만 따라서 하는
종속적인 삶의 형태에서 주체의 상태로 전환하는 것 또한 수행입니다.

칭찬이나 탓함에 대해

어떤 사람이 나에게
이런 점을 고치면 좋겠다고 지적해 주면
누구보다도 지적받는 나 자신에게 득이 되는 일입니다.

당장은 자존심이 상하고 납득이 안 되거나 섭섭한 마음에
그 사람이 미워질 수도 있지만
그것을 받아들여 고치려는 의지를 갖게 될 때
자신의 발전을 위한 좋은 계기가 열립니다.

우리가 만약 이렇게 제기되는 문제에 대해
열린 마음으로 받아들일 자세가 갖추어지면
아직 구체적인 변화가 생기기 전에도
마음이 편하여 그 자체로도 복이 됩니다.

그래서 옛 성인들도

내 잘못을 지적해 주고 비판해 주는 소리는 감로수처럼 생각하고

나를 칭찬해 주는 소리는

천 개의 바늘로 나를 찌르는 것처럼 생각하라고 했습니다.

누군가의 칭찬이나 탓함에 대해

'나는 이렇다'는 상을 갖고 고집하기 때문에

마음에 좋고 싫은 반응을 일으키고 저항하게 되는 것이지요.

그런 나를 버리는 것이 수행의 출발점입니다.

응무소주 이생기심

바깥 경계에 끌려 다니지 않으려면 무심이 되어야 합니다.
무심이란 마음이 없다는 뜻이 절대 아닙니다.
마음을 일으키되, 어느 한 곳에 집착하거나 고정된 편견을 갖고
마음을 일으키지 않는다는 뜻입니다.

비유하면 무심은 거울과 같습니다.
거울은 모든 사물을 비춥니다.
목탁이 오면 목탁을 비추고, 죽비가 오면 죽비를 비춥니다.
그러나 그 사물이 지나가 버리면
거울엔 그 사물이 비치지 않습니다.

무심은 바로 우리 마음의 거울과 같습니다.
우리 앞에 나타나는 모든 사물을 인식하고 또 비춥니다.
그러나 대상이 우리 앞에서 사라지면
내 속에서도 곧바로 그것이 사라져야 합니다.

거울에 목탁이 비치고 난 다음에

죽비가 그 앞에 서면 죽비가 비쳐야 하는데

목탁이 사라지지 않고 그대로 있어서

죽비가 제대로 비치지도 못하고, 여러 상이 뒤섞여서

혼란이 오는 것과 같은 상태가 우리 마음입니다.

'응무소주 이생기심'은, 그 마음은 끊임없이 일어나지만

그것이 편견을 갖고 고정되어 있지 않거나

집착에 의해서 마음을 일으키지 않는다는 뜻입니다.

좋은 일을 하고자 마음을 낸다 하더라도

그 좋은 일에 집착하게 되면

출발은 비록 좋은 일을 하기 위한 것일지라도

나쁜 결과를 낳는 경우가 생깁니다.

그렇기 때문에 처음에는 비록 청정한 마음을 내었더라도

집착하게 되면 그 마음은 보살의 마음이 아닌 것이지요.

족문족설에 대하여

무엇이든 물어라!

부처님은 깨달음을 얻고 난 후 45년 동안 하루도 쉬지 않고 깨달음의 내용인 법(Dharma)을 전했습니다. 비가 많이 내리는 우기에는 약 3개월 동안 한 곳에 머물러 정진하는 안거(安居)를 했습니다. 그 외의 시간에는 한 곳에 오래 머물지 않고 마을에서 마을로, 도시에서 도시로 이동하면서 사람을 만나고 법을 전했습니다.

부처님이 제자들과 함께 어느 마을에 도착하면 마을 어귀의 망고나무 숲이나 보리수 아래에서 선정에 듭니다. 부처님이 오셨다는 소문을 듣고 망고나무 숲의 주인은 부처님을 찾아와 꽃으로 공양 올리며 환영과 감사의 인사를 합니다. 그리고 그 주인이 마을사람들을 위해 깨달음의 법문을 요청하면 부처님은 진리의 말씀을 전해 줍니다. 그 법문을 듣고 감동한 사람들 가운데 어떤 이는 부처님과 부처님의 제자들에게 식사를 대접하고자 자기 집으로 초대합니다.

부처님은 침묵으로 승낙하고, 이튿날 아침에 그 집으로 가서 공양을 받습니다. 공양을 마치고 나면 공양을 올린 이는 가족들과 함께 부처님께 질문을 하거나 하소연을 합니다. 또 그 모습을 보거나 내용을 듣고 의문이 있어 질문하는 제자가 있습니다. 이때 부처님께서는 자상하게 답을 해줍니다.

식사 초대가 없는 날은 마을로 들어가 차례대로 일곱 집을 찾아가서 밥을 얻습니다. 일곱 집을 모두 가지 않았는데 음식이 충분히 얻어지면 그냥 돌아옵니다. 일곱 집을 다 갔는데도 음식을 얻지 못하거나 부족해도 그냥 돌아옵니다. 일곱 집 이상은 가지 않았습니다. 그리고 원래 머물던 마을 어귀의 망고나무 숲으로 돌아와 대중들과 둘러앉아 공양을 합니다. 이때 많이 얻어온 사람은 적게 얻어온 사람과 나누어 먹습니다. 또 아파서 얻으러 가지 못한 사람에게도 나누어 줍니다.

공양이 끝나면 둘러앉아서 제자들이 부처님께 질문을 합니다. 수행을 하는 과정에서 생기는 많은 문제들을 부처님께 여쭙게 됩니다. 이러한 제자들의 질문과 부처님의 답변을 모아 놓은 것이 경전입니다. 그렇기 때문에 경전의 내용을 보면 매우 사실적입니다. 그런데 후대로 내려가면서 부처님의 숨결과 대중들의 현실적인 어려움이 배어 있는 이야기들은 점점 없어지고, 학자들이 정리한 사상과 이념만 남아 있거나 복을 구하는 이야기로 바뀌게 됩니다. 그래서 경전을 읽으면 현실

감이 없는 공허한 소리로 들리거나, 너무 어려운 소리로 들리는 겁니다. 이렇게 '경전이 너무 어렵다, 복잡하다, 현실감이 없다'는 비판을 받게 되는 이유는 부처님과 대중들의 살아 있는 숨결이 빠졌기 때문입니다.

오늘 우리는 그 부처님의 숨결을 느끼고자 합니다. 우리들도 지금 각자의 사는 이야기를 구체적으로 해야 합니다. 그리고 편안하게 이야기해야 합니다. 부처님은 육신의 기력이 다하여 열반에 드시는 순간까지도 제자들의 의문을 해소해 주려고 이렇게 말씀하셨습니다.

"수행자들이여,

의심이 있거든 마땅히 지금 물어라.

이때를 놓치면 뒷날 후회하게 된다.

내가 살아 있는 동안 그대들을 위해 대답하리라."

육신의 고통으로 힘이 들어도 제자들에게 의혹이 있으면 물으라고 재촉하셨습니다. 그러나 제자들은 부처님이 떠나신다는 큰 슬픔 앞에서 아무도 입을 열지 못했습니다. 그러한 마음을 알고 부처님이 다시 말씀하셨습니다.

"수행자들이여,

그대들이 나를 우러러보기 때문에 묻지 못한다면

그것은 옳지 않다.
마땅히 벗이 벗에게 물어보듯이 어려워하지 말고
편안한 마음으로 물어라.
이때를 놓쳐 후일에 후회하지 않도록 하라."

여러분들도 오늘 이 자리에서 인생의 고뇌가 있고 질문이 있다면, 그냥 친구에게 고민을 털어놓듯이 편안하게 이야기하십시오. 즉문즉설(卽問卽說) 법회란 누군가가 질문을 하면 법사가 그 상황에 맞게 적절한 답을 하는 대기설법(對機說法)의 전통을 따르는 것입니다. 법회에 들어가기 전에 즉문즉설 법회의 전통과 그 내용, 그리고 일반 법회와 다른 점이 무엇인지 개략적인 설명을 한 후 이 법회를 같이 만들어 가려고 합니다.

대기설법의 전통

예를 들어, 서울 가는 길을 물었을 때, 인천 사람이 물으면 '동쪽으로 가라' 하고, 수원 사람에게는 '북쪽으로 가라' 하고, 춘천 사람에게는 '서쪽으로 가라' 합니다. 누가 길을 묻든 서울 가는 길을 일러 줍니다. 그러나 서울 가는 방향은 묻는 사람의 위치에 따라 다릅니다. 이때 '동쪽이다, 서쪽이다, 북쪽이다' 하는 것을 방편이라 하고, 이렇게 말하는 것을 방편설 또는 대기설법이라 합니다. 방편이란 조건이나 상황에 따른 가장 바른 길, 최선의 길이란 뜻입니다. 이처럼 전통적인 부처님의 가르침은 사람들이 물은 것에 대해 말씀하시는 대기설법이었고, 초기 경전인 「아함경」은 그 대기설법의 내용을 기록한 것입니다.

질문의 주제

그러면 대중의 질문은 어떤 내용일까요? 그 주제에는 제한이 없습니다. 사람들의 괴로움은 자기의 조건과 처지에 따라 다 다릅니다. 남이 볼 때는 별 문제 아닌 것이 자신에게는 가장 큰 일이고 큰 문제일 수 있습니다. 언젠가 중·고등학교 선생님들이 모여 청소년 상담소를 열었는데, 학생들이 전화해서 성(性)에 대해 자꾸 물으니까 장난한다고 화를 내며 꾸중을 했다고 합니다. 학생들에게 이 문제는 장난이 아닙니다. 선생님들은 '아이들은 인생에 대해 진지하게 고민하는 것이 바람직하다. 학교교육이 이런 고민을 해결해 주지 못하고 있으니 뭐든지 도움을 줘야겠다.' 이런 생각에, 학생들이 '인생에 대한 진지한 고민'만 할 거라고 생각한 것이지요. 그러나 학생들은 인생에 대한 고민도 물론 하지만, 대부분은 자신의 신체적 변화나 성적 욕망 때문에 당황하고 괴로워합니다. 그것이 학생들에게는 중요한 문제이기 때문에 고심하다가 묻게 되는 겁니다.

인간의 고뇌에는 좋고 나쁜 것이 없습니다. 불교에 대해 알고 싶은 것만 해도, 절하는 방법에 대해 알고 싶은 사람, 탱화에 대해 알고 싶은 사람, 또 교리에 대해 알고 싶은 사람, 불교의 사회적 참여나 환경 실천에 대해 알고 싶은 사람, 양자역학과 불교의 관계나 전통 사상과 불교의 관계에 대해 알고 싶은 사람들이 있습니다. 또 연애하다 실패했거나 세상살이에 짜증나서 사는 게 괴로운 사람, 뭔지는 모르지만 사는 게 슬퍼서 힘들어하는 사람도 있습니다.

사람마다 고뇌가 다를 뿐이지, 고뇌에 좋고 나쁨이나 수준의 높고 낮음이 있는 게 아닙니다. 그렇기 때문에 자신이 처한 환경과 조건 속에서 고뇌하는 것을 내놓고 질문하면 되는 것입니다.

대중이 주인으로 참여하는 장

대기설법은 법사와 질문자가 함께 만들어 가는 법회입니다. 질문 내용에 따라 법회의 주제가 달라집니다. 그래서 대중이 주인으로 참여하는 것입니다. 과학과 관련된 질문이면 과학 교실이 되었다가, 생활에서 괴로운 얘기가 나오면 인생상담 교실이 되기도 하고, 교리와 연관된 질문이면 철학 교실이 되기도 합니다. 또 역사와 관련된 질문이면 역사 교실이 되고, 절의 운영에 대해 묻다 보면 경영 교실이 되기도 합니다. 대중들이 적극적으로 참여할 때 활기찬 법회도 가능합니다.

즉문즉설의 대기설법 법회에서는 법사의 대답이 질문에 따라 다양하게 나올 수 있습니다. 질문자가 장황하고 길게 열심히 질문하였지만 법사가 아무 말 안 할 수도 있고, 그냥 웃을 수도 있습니다. 그래도 그것이 대답이라는 것을 받아들여야 합니다. 대답을 안 하는 것은 질문자가 대답을 듣기보다는 자기 이야기를 하소연하고 싶을 때가 있는데, 그때는 그 사람의 이야기를 들어 주기만 하면 되기 때문입니다. 특별히 대답할 필요가 없는 질문일 때도 있고, 반대로 법사가 공격적으로 되물을 때도 있습니다. 질문자는 법사의 되묻는 질문도 대답의 한 방법으로 받아들여야 합니다. 이처럼 법회에서 대답을 하든지 안 하든지, 대답이 어떤 방식을 취하든지 대중은 '대답의 한 방법'으로 받아들이며 법사를 신뢰하는 마음이 있어야 합니다.

그리고 질문자는 자기가 원하는 대답을 듣겠다는 생각을 버려야 합니다. 자기가 원하는 대답을 듣겠다고 한다면 굳이 질문할 필요가 없기 때문입니다. 몰라서 물었다면 자기가 원하는 대답은 없을 것이라는 것을 알아야 합니다.

질문자가 잘난 체하려는 경향이 있으면 이 법회는 경직되기 쉽습니다. 그러면 질문이 잘 안 나옵니다. '질문을 잘해야 하는데……', '저런 걸 질문이라고 하나', '질문하려면 적어도 이런 걸 해야지' 하는 생각을 하거나, '이런 질문을 하면 사람들이 날 보고 뭐라고 할까' 하는 생각을 하거나, 칭찬 받으려는 심리가 작용하면 질문이 잘 안 되고, 문답을 하다가 논쟁으로 흐르기 쉽고, 또 질문하고 나서 '사람들 보는 앞에서 창피만 당했다. 괜히 했다' 하고 후회하게 됩니다. 그러니까 그런 생각을 내려놓고 질문해야 합니다.

또 이 법회를 만들어 가면서 주의할 점은 이 자리에서 있었던 얘기는 이 자리에서 끝내야 합니다. 남편 있는 여자가 애인이 생겨 그것 때문에 괴로워서 질문을 했는데, 법회를 끝내고 나가면서 '그 여자, 그럴 줄 몰랐다'는 식으로 비난하거나, 법사가 대답으로 거친 표현을 했을 때 '스님이 어떻게 그런 심한 말을 할 수가 있어!' 하고 마음에 담아 두어서는 안 된다는 것입니다.

질문은 어떤 것이든 자기 고민을 해결하고 행복한 삶을 얻기 위해 하는 것이고, 그런 번뇌는 '옳다 그르다, 정당하다 비난받아야 한다'고 따질 수 없기 때문입니다. 그리고 대답은 법사의 입장에서 가장 효과적인 것을 선택한 것입니다. 예를 들어 큰 소리로 거친 표현을 쓴다면 그것이 그 상황에서 질문자에게 가장 효과적인 방법이라 판단해서 그렇게 하는 것입니다. 그래서 그걸로 끝나야 합니다. 그렇지 않으면 남에게 보이기 위한 질문과 겉만 번드르르한 응답을 하는 분위기로 변해 구체적인 삶의 문제를 단도직입적으로 얘기할 수 없게 됩니다.

이렇게 진행하다 보면 법회가 난장판이 될 수도 있습니다. 괴팍한 사람들이 와서 행패를 부리거나, 시비를 거는 경우 등 여러 형태로 전개될 수 있습니다. 그 가운데 가장 못한 경우가 여러분이 질문을 하지 않는 것인데, 우리는 그런 경우까지도 인정해야 합니다.

살아 있다는 것이 행복입니다

김병조 _ 방송인, 조선대 초빙교수

　우리는 흔히 알아들을 수 없는 말을 할 때 선문선답(禪問禪答)하듯 한다고 한다. 이 말은 그만큼 불교가 어렵고 이해하기 어려운 종교라는 뜻의 반증이기도 하다. 사실 많은 사람들이 불교가 너무 어렵고 현학적(衒學的)이고 불교에는 뜬구름 잡는 이야기가 많다고 말한다.

　필자도 불자의 한 사람으로 그런 생각이 들 때가 한두 번이 아니었다. 좀 더 쉬울 수는 없을까? 피부에 와 닿듯 느낄 수는 없을까? 산중 (山中) 언어가 아닌 시중(市中)의 언어로, 고어체(古語體)가 아닌 일상의 언어로, 남녀노소, 지식의 유무(有無), 지위의 고하(高下)를 막론하고 모든 이들이 이해하기 쉽게 설명하는 길은 없는 것일까?

　그러나 이 어찌 반가운 일이 아니랴. 정토회에서 활동하는 딸아이의 소개로 귀한 법륜스님의 법문을 테이프와 법회를 통해 듣고, 특히 즉문즉설(卽問卽說)을 듣고 내 생각이 잘못 되었음을 알게 되었다.

'즉문즉설'이란 문자 그대로 즉석에서 묻고 즉석에서 답하는 형식이다. 우선 스님께서 법상(法床)에 오르시고 일갈(一喝) 하신다.

"무엇이든 물어라!"

그러면 쪽지를 통해, 육성을 통해 온갖 질문이 쏟아진다. 그런데 막상 질문이라는 것들을 들어 보면, '도가 무엇입니까?' '왜 삽니까?' 라는 본질적인 문제보다는 일상에서 일어나는 작은 것들이다. '남편이 변했습니다.' '직장에서 왕따를 당했습니다.' '아이가 말대꾸를 합니다.' 심지어 이성 문제까지도…….

마치 오랜만에 찾아오신 친정어머니께 딸이 하소연하듯 질문을 던진다. 그러다 보니 어떨 때는 '어쩌면 저런 문제까지도 바쁘신 스님께 물어 보는가?' 라고 말할 정도의 자질구레한 문제까지도 묻는다.

그러나 스님은 그 어떤 질문에도 차등을 두지 않으시고, 즉문즉설 그대로 일순(一瞬)의 막힘도 없이, 마치 그 질문을 기다리고 계셨다는 듯이 시원하고 명쾌한 답을 주신다. 그것도 쉬운 말로, 손에 잡힐 듯이, 눈에 보이듯이 설명해 주시고 깨우쳐 주신다. 때로는 질문자와 함께 마음 아파하시며, 때로는 할머니처럼 보듬어 주시며, 때로는 어린 아이처럼 웃으시며, 부드럽고 자상한 목소리로 자비의 법문을 주신다.

필자의 일천(日淺)한 경험을 통해 느끼는 바이지만, 어렵게 가르치는 게 사실은 쉽다. 쉽게 가르치는 게 사실은 어려운 법이다.

대지약우(大智若愚) 큰 지혜는 일견 어리석어 보이고, 대교약졸(大巧若拙) 큰 재주는 일견 치졸해 보이며, 대변약눌(大辯若訥) 큰 웅변은 일견 어눌해 보인다 하지 않았던가. 나는 이 명언을 스님의 법문을 통해 확인한다.

더욱 즉문즉설이 주는 더 큰 가르침은, 질문하는 그 내용들이 질문자만의 문제가 아니라 내 문제로 와 닿는 데 있다. 질문은 옆 사람이 하는데 마치 내가 하는 느낌이요, 해답을 주시는 스님의 말씀이 내게 주시는 말씀으로 와 꽂힌다는 것이다. "맞아!" "아! 그렇구나." "난 정말 행복한 사람이구나." "그래 살 만한 가치가 있어."

스님은 말씀하신다. "모든 것은 나로부터 온다." "상대를 위해 참회하고 기도하라." "순간순간을 알아차려라."

한 말씀 한 말씀 들을 때마다 자신을 돌아보게 만들고, 살아 있음에 행복을 느끼게 만드는 스님의 법문.

이러한 큰 스승이 우리 곁에 계시니 우리는 진정 복받은 사람들이다.

인생이 즐거움을 깨닫게 되다

백경임 _ 동국대사범교육대학장, 한국불교상담학회장

나는 내 인생에서 불교를 만난 것을 가장 큰 행운으로 생각하고 있다. 어려서부터 불교의 품안에서 자랐으며, 대학 시절부터 불교단체에서 활동해 왔다. 그런 내 인생에서 법륜스님은, 2500여 년 전의 부처님의 가르침이 지금 내 삶에서 빛을 발하도록 해주신다는 점에서, 특별하신 분이다. 부처님이 존경과 신앙의 대상에만 머무르지 않고, 부처님의 가르침이 내가 안고 있는 문제에 적용되어 그 문제가 해결되는 기쁨을 알게 해 주셨다.

스님께서는 즉문즉설에서 우리의 마음을 훤히 비추어 그 얽힌 문제의 고리를 정확히 찾아 주신다. 그래서 나를 괴롭히는 문제가 왜 상대방 때문이 아니고 '내 마음이 문제' 인지를, 또 상대방의 행동에 '내가 왜 괴로운지' 원인을 알아차리게 하신다.

우리는 누구나 자신의 약점에 직면하면 두렵고, 그 상황을 회피하고 싶어한다. 또 문제의 원인이 나에게 있음을 인정하는 것은 억울하게 느낀다. 그러나 스님의 가르침대로 내가 지금 괴로워하고 있는 그 일이 인과법의 결과임을 받아들이게 되면, 갈 길이 멀어도 해결의 희망을 갖게 된다. 그럼 마음이 가벼워진다. 그래서 기꺼이 수행과 정진을 일상에서 받아들여 기도하는 삶을 살게 된다. 업을 거스르는 정진의 시간이 괴롭고 힘들어도 정진 후에 내 마음이 조금은 더 편안해지고 자유로워지는 변화를 실감하게 되면, 공부를 싫어하던 아이가 공부에 재미를 붙이듯이 수행을 즐기게 되고, 삶은 긍정적으로 바뀌게 된다.

인생의 황혼녘에 돌아갈 길이 바빠도 이 법문을 지니고 있다는 것은 얼마나 다행인가!

세세생생 끌고 온 이 업을 바꿀 수 있다면 얼마나 큰 기적인가!

참으로 감사한 일이다.

삶에서 살아나는 부처님의 가르침

김용주_ 변호사

변호사라는 직업의 특성상 나는 많은 사람들을 만난다.

대부분의 경우, 사람들은 법적인 해결방법을 찾고자 나를 찾아오는데 이야기를 나누다 보면 법적인 해결방법이 최선의 방법이 아니라고 생각되는 경우도 있다. 이러한 때에 나는 좀 다른 조언을 한다.

남편이 바람을 피워 못살겠다면서 이혼소송을 해 달라는 분에게는 법륜스님의 '즉문즉설' 책을 권하기도 하고, 돈을 못 받아 괴로워하면서 돈을 받아 달라고 찾아오시는 분에게는 법륜스님의 법문 테이프를 권하기도 한다.

군이 소송을 하겠다는 의뢰인들에게 법륜스님의 책과 테이프를 권하는 것은 나 또한 법륜스님의 법문을 통하여 삶 속에서 일어나는 많은 고민들을 해결할 수 있었고, 자유로운 삶, 행복한 삶을 살 수 있는 방법을 깨달았기 때문이다.

대부분의 의뢰인들은 지금 자신이 겪고 있는 문제에 화가 나고 감정이 앞선 가운데 합리적인 해결방법을 찾지 못하게 되는데 법륜스님은 '모든 것은 나로부터 시작된 것'이며 가장 중요한 것은 '내가 지금 행복해지는 것'이라는 가르침을 주신다.

나의 권유를 받아들인 의뢰인들이 한결 편안한 마음으로 자신의 문제를 되돌아보고 스스로 자신의 문제를 해결해 가는 모습을 바라보노라면 올바른 가르침이란 것이 얼마나 중요한지를 절절히 느끼게 된다.

이제 스님께서 하신 즉문즉설 법회의 내용이 책과 CD로 발간된다니 반가운 일이고, 이를 통하여 많은 사람들이 '지금 여기, 있는 그대로' 행복할 수 있는 방법을 알아가기를 간절히 바란다.